風兒講的話

張秋生／著

張化瑋／圖

目次

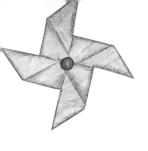

1 原野上，一朵花開了

冬天過去了，春天來了，原野上的草漸漸的綠了。

當一陣春風吹過時，一朵美麗的花開了。這是春天的第一朵花，也是原野上的第一朵花。她開得那樣惹人喜愛，綠綠的葉，紅紅的花，花蕊裡滾動著一顆亮晶晶的露珠。金黃色蜜蜂圍繞著她直打轉兒。

一隻白色的小兔經過這裡，他左看右看怎麼也看不夠。由於他還要去拜訪田鼠先生，不能久留，他不得不自言自語的跑開了。

「一朵花，春天裡第一朵美麗的花……」

他就這樣，一路嘀嘀咕咕的走到田鼠先生那裡，田鼠問他嘴巴一動一動的在說些什麼。

白兔說：「我在原野上看到了一朵花，一朵比朝霞還美麗的花！」

田鼠說：「天哪，這是春天的第一朵花，你為什麼不把她摘來呢？你如果給我帶來這麼珍貴的禮物，我會擁抱你的，我會給你吃花生、吃白菜、吃土豆，我會把一切好吃的東西都拿出來招待你的……你這個笨傢伙！」

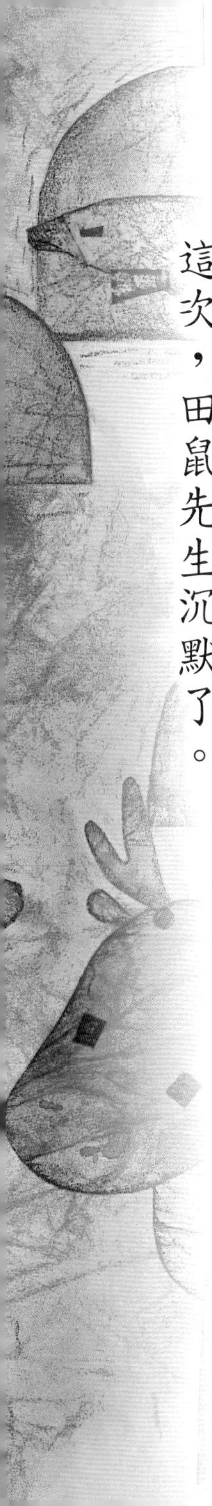

白兔耷拉著一隻耳朵說：「我知道，你會很慷慨的招待我。」

白兔想了想，又說：「可是就你和我兩個喜愛這朵花嗎？

小鹿不想看這朵花嗎？

羚羊不想看這朵花嗎？

百靈鳥不想看這朵花嗎？

我把花兒摘下來，他們看什麼呢？」

這次，田鼠先生沉默了。

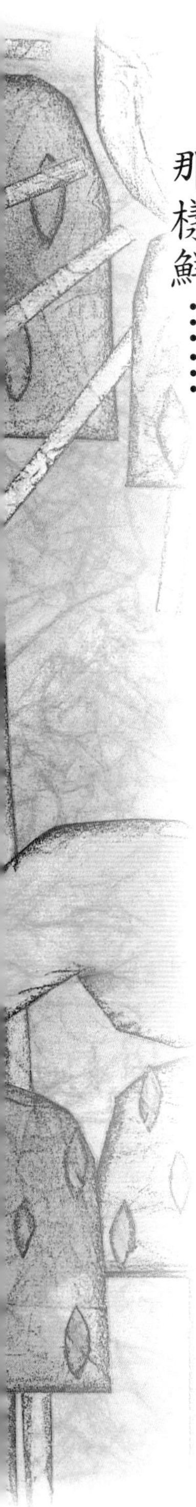

2 好吃的帽子

「多麼好吃的帽子！」

你以為我在說傻話吧。不，是真的，大夥見了小松鼠都這麼說：「啊，多麼好吃的帽子！」

小松鼠不是一頂帽子，他並不好吃。

但是，他頭上的那頂帽子多美啊！那帽子雪白、雪白的，就像天上的雲彩那樣白；那帽子滾圓、滾圓的，就像十五的月亮那樣圓；那帽子噴香、噴香的，就像蘑菇那樣鮮……

不用說了，那帽子本來就是一朵雪白的、滾圓的、噴香的大蘑菇。

那是小松鼠從森林那邊的小溪邊上採來的。

他在採蘑菇時，太陽從森林的間隙中射下來，晒得身上火辣辣的，真不好受。

所以，當小松鼠採到這朵大蘑菇時，就把他頂在頭上當涼帽了。世界上有哪一頂涼帽能比這更好？又漂亮，又實用，還散發著陣陣誘人的香味呢！當大夥都這麼誠心誠意的稱讚這頂帽子時，小松鼠說什麼也捨不得把它吃掉了。

小松鼠戴著這頂帽子，走遍了整個森林。

他想：「我怎麼沒有聽到小白兔的稱讚呢？他一定會稱讚這頂帽子的。可是，他在哪兒呢？」

小松鼠終於找到了小白兔，他在森林裡的一條路上費勁的跑著，背上還背著黑黝黝的東西。

「小白兔，你在做什麼？」

小白兔滿頭大汗的說：「瞎眼的鼴鼠奶奶迷路了，我得送她回去！」

小松鼠這才看見，小兔背上背著鼴鼠奶奶。

「鼴鼠奶奶，您好！」

「你好，小松鼠。你瞧瞧，多好的小白兔啊！我迷路了，眼睛什麼也看不見，他一定要送我回家，多麼好的小白兔！」

誰聽了鼴鼠奶奶的稱讚都會感動的。她說得那麼有感情，彷彿每個字都是從心裡發出來的，能得到這樣的稱讚真教人羨慕。

這時，小松鼠想小兔一定又累又餓了，就把頭上的帽子摘下來說：「小白兔，你把它吃掉吧！」

小白兔實在是太餓了，就不客氣的把它吃掉了：

「啊，多麼好吃的帽子啊！」

小松鼠一點也沒猜錯，小白兔是會稱讚他的帽子的。

小松鼠和小白兔一起把鼴鼠奶奶送回了家。鼴鼠奶奶拉住他們兩個說：「謝謝你們了！」

小松鼠望著小白兔笑了。「你們」當然包括小松鼠了，能得到別人真心誠意的稱讚是再高興不過的事了。

「謝謝你，小松鼠！」小白兔也向小松鼠道謝了。

小松鼠更高興了，他想，我該謝謝誰呢？

他想起了那頂再也不存在的帽子。

於是，他說：「我應當謝謝那頂好吃的帽子，它幫我做了一件好事情。」

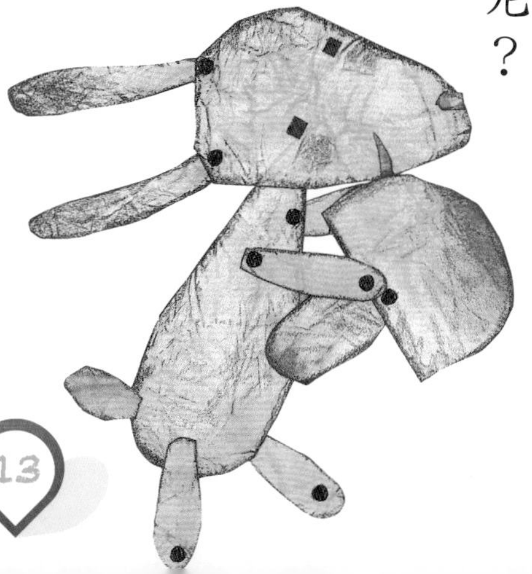

3 一朵紅玫瑰

霧來了。

白白的霧瀰漫在森林裡。

小猴不敢下樹，小鹿不敢出門，松鼠把頭探出洞外，又縮了回去。儘管他們的肚子餓得咕咕叫了，也不敢出門找一頓早餐。

因為這太危險了。

在霧裡，說不定會絆倒、會迷路，還會碰上兇狠的老虎、狼和蟒蛇……

終於，霧消散了，太陽露出了笑臉。

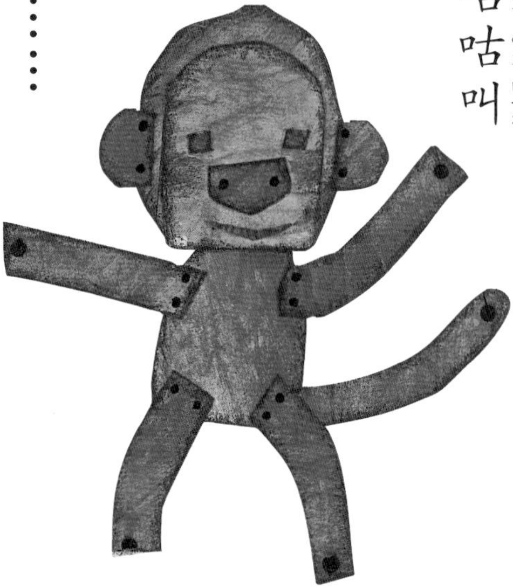

奇怪的是，小猴的樹下放著一堆黃瓜；松鼠的樹下有一串蘑菇；小鹿家的門口，放著幾個蘋果……是誰做的好事呢？誰也不知道。

小猴搔搔頭皮，找來了松鼠、小鹿、小羊、小兔、豪豬、刺蝟和小黑熊。

小猴說：「是誰做了好事，給我們大夥送來了蘑菇和瓜果，我們應該感謝他。」

大夥都同意，可是沒有誰出來承認。

小猴朝大夥看了一眼，繼續往下說：「其實我早就知道是誰做的了，就在他做好事的時候，我偷偷在他胸前別上了一朵紅玫瑰，可是他還不知道呢！」

大夥立刻東張西望，找別人胸前的紅玫瑰。只有小黑熊慌忙低頭看自己的胸前。

小猴說：「我知道是誰做的好事，我代表大夥感謝他。」說著，小猴從身後拿出一朵鮮豔的紅玫瑰，別在小熊的胸前。

大夥熱烈鼓掌了。

這次，輪到小黑熊搔自己的頭皮了，他不好意思的笑了……

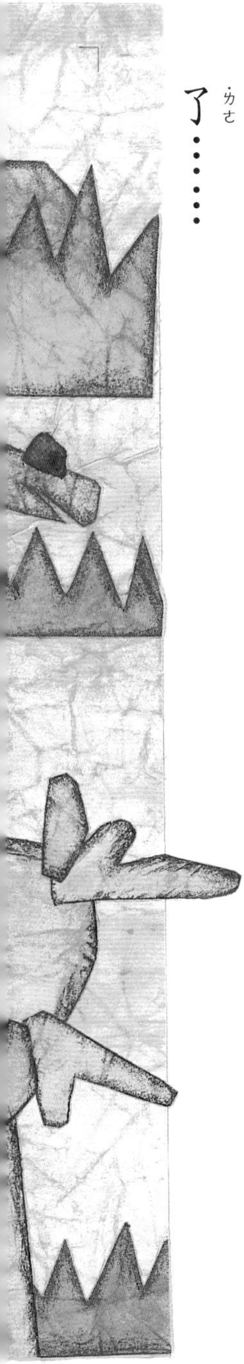

4 矢車菊開花了

矢車菊開花了。

藍藍的矢車菊，一簇簇，一叢叢，開滿了山野。風兒吹來，多像奔騰不息的海浪啊！

就在藍藍的矢車菊和藍藍的天空分界處，矗立著一幢高高的、紅紅的小房子。這是善良的灰兔先生的家。

灰兔先生的臥室在三樓，面臨著青山綠水和無邊無涯的矢車

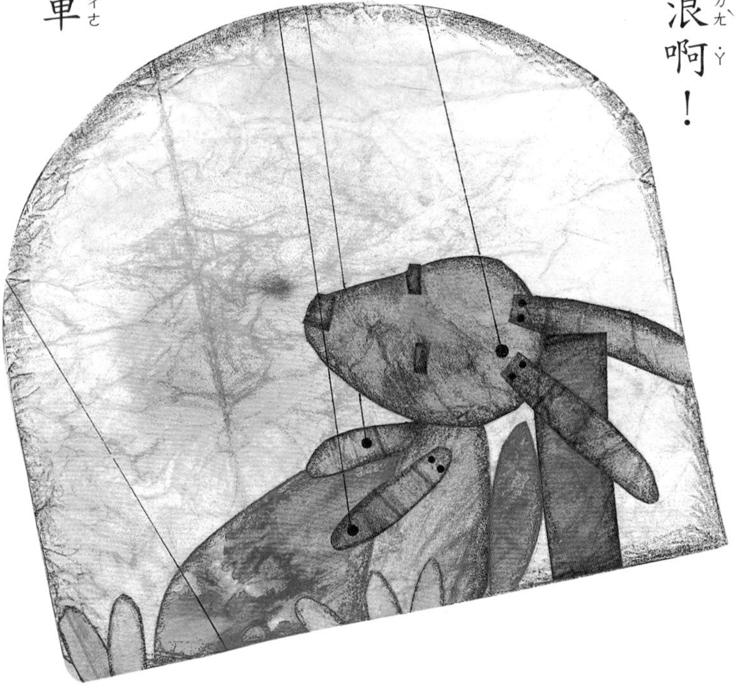

菊。可是他沒有心思欣賞美景了。灰兔先生最近患了感冒，為了不把病菌傳染給別人，在沒有痊癒以前，他不想出門，不想會見任何客人。

大家知道了灰兔先生生病的消息。這消息是誰傳播的呢？是螢火蟲姊姊。

她在夜晚，打了小燈籠從灰兔先生的窗前飛過時，聽見了灰兔先生寂寞的嘆息聲。這是輕輕的，然而是深深嘆息——從嘆息聲中，她聽出灰兔先生在思念伙伴們。

伙伴們也在思念著他。

大夥沒法去探望灰兔先生，他把門鎖上了。於是，伙伴們決定請長頸鹿和小猴作代表——向病中的灰兔先生致意。

長頸鹿站在矢車菊的花叢中，踮起腳，把脖子扯得長長的——比你們所見到的所有的長頸鹿的脖子都長。小猴順著長頸鹿的脖子往上爬啊爬啊……

長頸鹿癢得想笑。可是，不能笑。對於一個生病的伙伴來說，傻頭傻腦的笑是很不禮貌的。

長頸鹿難受得眼淚都快掉下來了。可是，不能哭。對於一個生病的伙伴來說，流淚是不妥當的。

長頸鹿都忍住了。

當小猴爬到長頸鹿頭頂上時，他向灰兔先生做了一個有趣的鬼臉，這是個友好的鬼臉，這是個表示問候的鬼臉，這是個一看就知道——充滿著關懷和良好祝願的鬼臉……

躺在床上的灰兔先生，從窗戶的玻璃上看見了兩個伙伴的臉；一位是那樣的嚴肅，一位又是那樣的滑稽。

灰兔先生的嘆息就變成了笑聲。據說，他的病也就好了……

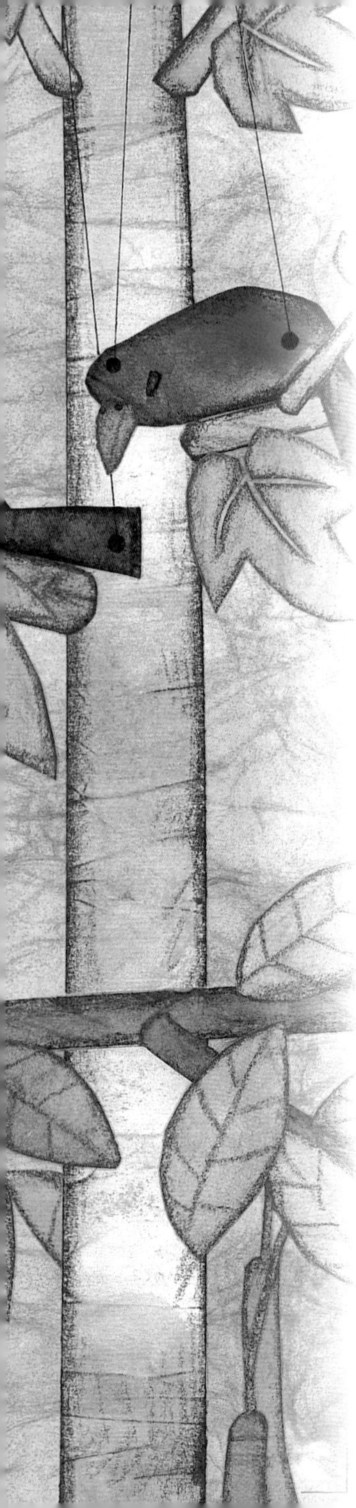

5 啄木鳥的遺囑

令人擔心的事終於發生了。

森林裡唯一的一隻啄木鳥病危了。

啄木鳥是大森林的巡迴醫生，她一輩子都在為森林的茂盛而操勞。近來，她年歲越來越大，動作有些遲鈍了，大森林裡的害蟲也逐漸多起來。於是，啄木鳥白天連著黑夜的工作，終於累得病倒了。

啄木鳥奄奄一息。她請來了飛行能手金腰燕，請她去遙遠的地方，把自己的侄兒小啄木鳥找來。她想臨死前見他一面，有重要的話要告訴他。

同類們在竊竊的私語。

愛收集各種發光小玩藝的喜鵲說：「也許，啄木鳥有許多金飾、戒指或寶石，要留給她唯一的侄兒。」

愛搬嘴的烏鴉說：「是的，我每天天不亮就看見她往密林裡飛，那裡一定藏有她的財產。」

好心的杜鵑鳥說：「我看，他侄兒那裡準有什麼靈丹妙藥。他一來，啄木鳥奶奶就有救了。」

當啄木鳥的侄兒遠道趕來時，老啄木鳥已經去世兩天了。侄兒沒見到他慈愛的姑媽，自然是很悲傷的。

幸好，姑媽留給他一封重要的信。小啄木鳥當著眾人的面把信打開，信裡只有短短的一句話——

「留下吧！這裡需要你！」

6

像和不像

在沒有看到小海豹游泳前，大家都說：小海豹像他爸爸，臉像，身子像，連尾巴也像，簡直一模一樣。

可是，當大夥看過小海豹游泳後，就說：小海豹不像他爸爸，游泳的姿勢和動作都不像。

對於大家的議論，小海豹的爸爸笑著說：

「小時候，我的爸爸——也就是小海豹的爺爺，教我學會游泳後，我就去尋找更好的游泳方法和姿勢，所以我和我的爸爸也不像，應該說：我比我的爸爸游得更好。

而在這一點上，小海豹和我像極了，比外表上更像……」

7

一對好朋友

為了找孔雀小姐，長耳朵小白兔跑遍了森林。

孔雀小姐是從森林外來探親的，她來探望她的表姊錦雞。

孔雀小姐帶來了一台照相機，一台有自動裝置的照相機。你只要把照相機放在對面，按一下自拍器，它就會發出滋滋的響聲，然後喀嚓一下，把你的樣子照下來。

長耳朵小白兔和大尾巴小松鼠是一對非常要好的

朋友，要好得時時刻刻都想在一起。但這辦不到，小松鼠要在樹上找松果吃，因為地上沒有松果。小白兔呢？當然也不能到樹上去種白菜。所以很多時候他們是不得不分開的。

他們想，如果能拍一張照片，拍他們倆樂呵呵的在一起的照片，誰想誰了，拿出來一看，不就得了。

小白兔好不容易找到孔雀小姐。可惜，她照相機裡只剩下最後一張軟片了。也就是說，只能拍一張照片了。孔雀小姐很慷慨，把這張照片留給小白兔他們拍了。

小白兔背著照相機來找松鼠。

他們倆換上新衣服，把照相機放在對面的樹枝上，準備以小灌木叢為背景，互相搭著肩膀，拍一張嚮往已久的照片。

就在長耳朵小白兔剛按下自拍器，只聽照相機滋滋響的時候，他們忽然聽見背後灌木叢裡傳來沙沙的響聲和咯咯的叫聲。

小松鼠一回頭，看見一隻狐狸正叼著花母雞呢！

這時，小白兔也回轉身子，他們倆和狐狸扭打起來，狐狸扔下母雞跑了。

也沒聽見照相機是什麼時候喀嚓響的，反正照片是拍完了。

半個月後，他們收到了孔雀小姐寄來的信件，拆開一看，正是他倆的照片——

很可惜，照片上只拍下小白兔和小松鼠的背脊和屁股。至於那個該死的謀殺犯——狐狸，倒是拍得兇相畢露，清清楚楚的。小白兔有點懊惱。

可是小松鼠說：「這照片讓我回憶起那場難忘的戰鬥，在兇惡的敵人面前，我們不愧為一對好朋友！」

「是嗎？」小白兔深情的凝視著照片，他和小松鼠會心的笑了。

8 青蛙和綠色的傘

小青蛙感到很沉悶。

他在綠草叢中散步，就像人們在森林裡散步一樣。

「你好啊，烏龜先生。」小青蛙看見一隻烏龜：「你急急忙忙的要到哪兒去？瞧你背上都累出汗了。」

「不，我背上是不會出汗的，當我背上有水珠的時候，是要下雨了，空氣太潮溼了。」

烏龜喘了一口氣說：「你不覺得悶嗎？暴風雨將要

來了！」

小青蛙一聽，來不及向烏龜送別，「噗通」一下跳進長滿荷葉的水池……

隨著一陣雷聲，暴風雨傾注下來了。

正要出門的小灰兔看見大雨發愁了，但他開門就發現一張大荷葉，這不是一把挺好的傘嗎？他打著傘收白菜去了。

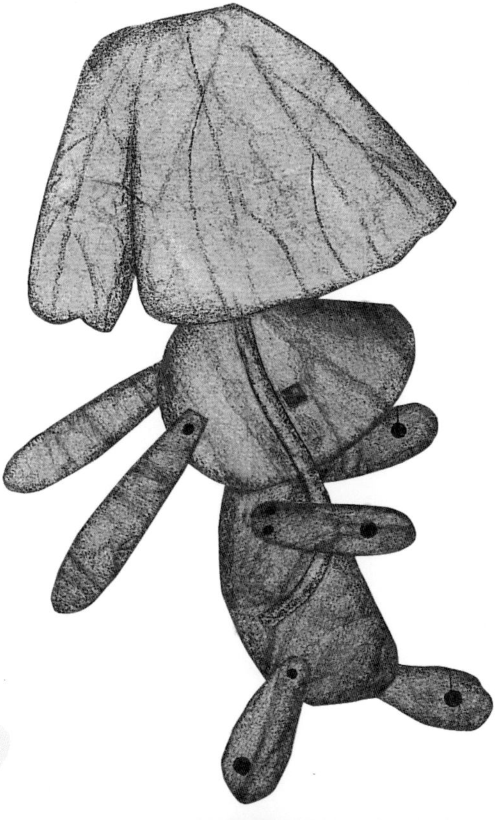

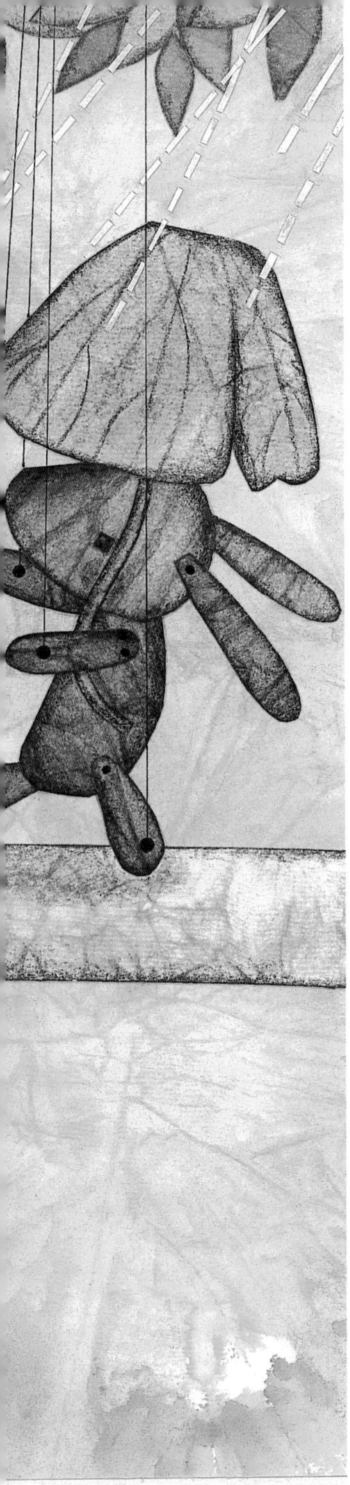

正要出門的小松鼠看見大雨發愁了，但他看到樹下有一張大荷葉，這不是一把挺好的傘嗎？他打著傘去採蘑菇了。

正要出門的蜥蜴看見大雨發愁了，但他看到窗下有一張大荷葉，這不是一把挺好的傘嗎？他打著傘去看生病的伙伴了。

正走在半路上的烏龜，看見大雨發愁了，但他看

到路邊石頭上放著一張剛摘下的大荷葉，這不是一把挺好的傘嗎？他打起傘繼續趕路……

傍晚，天慢慢晴了，偶爾飄來幾點雨滴。小兔、松鼠、蜥蜴、烏龜辦完事回家了。他們在一根白色樹幹做成的橋上相遇了，大家打著荷葉傘，彼此看著，都感到奇怪。

只有烏龜知道這傘是誰送的。

遠處，河岸下，青蛙正翹著二郎腿，望著橋上的伙伴們。只見藍瑩瑩的河水上，架著白雲般的橋，橋上走著灰色的兔子、棕色的松鼠、青色的蜥蜴和黑色的烏龜。他們都打著一把碧綠、碧綠的荷葉傘。

小青蛙自言自語的說：

「多美麗的圖畫，多麼可愛的伙伴啊！」

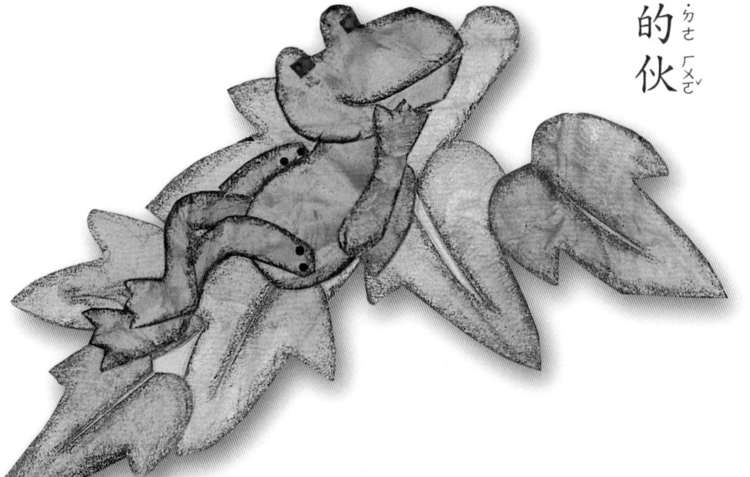

9 鮮美的蘑菇湯

藍天下，有一座紅色的房子，紅房子裡，有一隻白色的兔子。

小白兔很好客，這天傍晚，灰褐色的小刺蝟從他家做客出來。小刺蝟向小白兔鞠躬告別，他說：「謝謝你，小白兔，你燒的蘑菇湯好吃極了。我第一次知道，蘑菇這樣鮮美可口。明天一早，我就去採蘑菇，讓我的朋友也來嘗嘗鮮……」

小刺蝟走了，小白兔熄燈睡著了。他剛躺下，就想起剛才小刺蝟的最後一句話：他要採蘑菇招待朋友們。

哎呀，忘了告訴他，並不是所有的蘑菇都能吃，有的是有毒的。於是，小白兔再也睡不著了。他好像看見，小刺蝟正用有毒的蘑菇燒湯，而他的朋友們，正舉著空碗等著呢！

小白兔點亮了燈，在燈光下忙了大半夜。

第二天，天才矇矇亮，草地上還閃爍著露珠，他就去敲小刺蝟家門了。門關著。

小白兔等啊，等啊，太陽驅散了晨霧，他看見碧綠的草地上，有一個灰點兒在移動，是小刺蝟回來了。他背上馱著五朵大蘑菇，小白兔向前一看，有三朵是有毒的。

小白兔打開一捲紙，上面畫了很多蘑菇，左邊一堆是有毒的，右邊一堆是可以吃的。小刺蝟高興得拖著小白兔直樂，他們一起向森林跑去。

當小白兔和小刺蝟從森林裡出來時，天色已經接近中午了，他們採了滿滿一籃大大的蘑菇，燒了一大鍋蘑菇湯。

據小刺蝟的朋友們說，他們從來沒喝過這麼鮮美的湯……

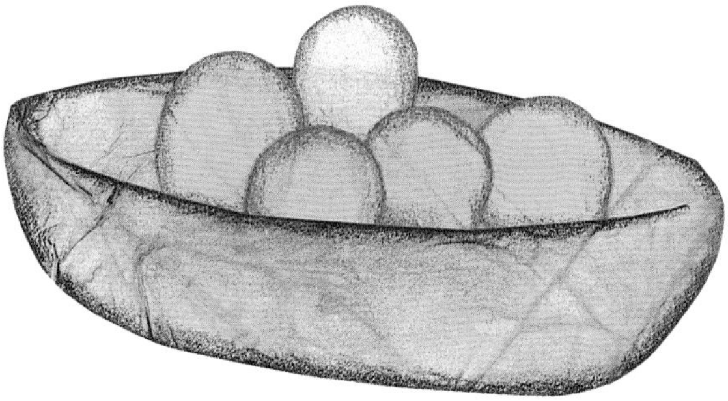

10 甜蜜的鼾聲

一隻針鼴和一隻刺蝟變成了朋友。

他們是十分友好的一對。

清早，針鼴和刺蝟在路上碰頭了。

針鼴見他的朋友刺蝟有點無精打采，就問他：「你生病了嗎？」

「不，」刺蝟說：

「我的屋子漏了，昨晚下雨，我一夜都沒睡著。」

「這太痛苦了。」

針鼴說：「等著吧！晚上我來幫你修屋子。」

他們都很忙，說完就匆匆分別了。

夜晚，下起了暴雨，雨點敲打著樹葉，敲打著屋頂並發出很恐怖的聲音。

刺蝟很害怕，房頂上起碼有三、四個地方在漏水。水珠叮咚叮咚的往下淌，更增添了恐怖的氣氛。

刺蝟蜷縮著身子，躲在牆角裡。

「咚！咚！」有人敲門了。

「誰啊？」刺蝟嚇壞了。

「是我，好朋友！」門外是針鼴的聲音。

刺蝟喜出望外，打開了門，只見走進來一隻溼淋淋的針鼴，他不停的在打噴嚏。

「下這麼大的雨，你來幹什麼？」刺蝟驚奇的問。

「難道我沒有說過，我會來幫你修房子嗎？」針鼴說：「答應了的事，是不能後悔的，我想，我沒有什麼理由可以不實現自己的諾言。」

針鼴抹去一把臉上的雨水，「當然，現在雨太大，不能修房頂，但我們可以隨便聊聊，這樣你就不會覺得寂寞了。」針鼴說完又打了個噴嚏。

「你真好！」刺蝟這下可高興了。

雨不知什麼時候停了。

只見刺蝟的房頂上，有兩個小黑影在不停的忙碌著。

當雨點再次潑下來的時候，刺蝟和針鼴睡在一張乾淨而溫暖的床上，他們好像在比賽——看誰的呼嚕打得更響，更甜蜜……

11

燕子從遠方飛來

燕子從遠方飛來。

他們每年都要經過這裡，這是一個荒島，一個不見人煙的荒島。

島上全是裸露的石頭、泥沙，只有一些稀疏的荒草在這裡生活著。樹，是一棵也沒有的。

燕子原本是不願意在這個地方小憩的。可是，又有什麼辦法呢？因為他們飛得又累又渴，不得不在這裡歇歇腳，喝口水。每年都是這樣。

有一年，當燕群又經過這裡的時候，

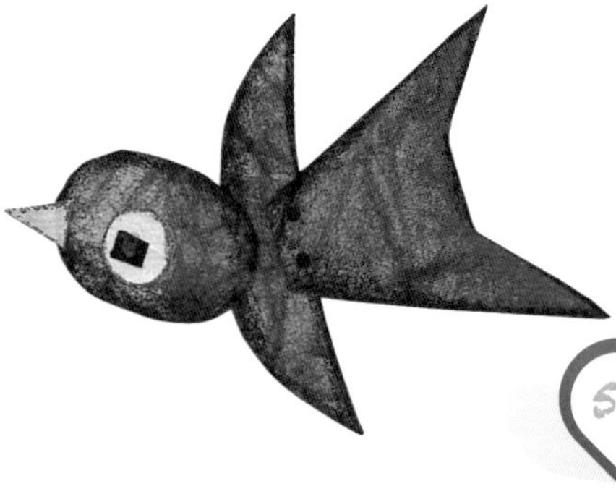

一隻飛得很快、名叫「閃電」的燕子說：「為什麼不能叫荒島長樹呢？這裡要是有樹、有花、有草，該有多好啊！」

第二年春天，當「閃電」從南方回來的時候，她已經當媽媽了。她帶著自己的孩子和伙伴們飛來。奇怪的是，這些燕子們把這些顆粒飽滿的樹種播撒在荒島上。一年，兩年，三年，年年如此。

記不清多少年過去了。荒島變成了一座綠色的小島，南歸的燕子們每年都在這兒愉快的生活著。高大的松樹，挺拔的杉樹，開著紅花、黃花、白花的

果樹，長滿了小島。人們也搬來這裡生活，島上升起了炊煙。

島上的居民們很自豪的把這兒叫作翠島，這是一座翠綠的小島。

可是，南來北往的燕子呢，卻把這兒叫作「閃電島」，以紀念他們一位很平凡的祖先。

12 一棵斜長的榆樹

小河寬寬的。

小河深深的。

小河上沒有橋，從來沒有橋。所以，河兩岸的小動物們，也是從來沒法來往的。

小河旁邊是一座森林，森林一直延伸到小河的邊上。最靠近小河的，是一棵榆樹。當他看到兩岸的小動物們，望著湍急的流水嘆氣，互相費力的打著手勢交談時，心裡很難過。

於是，榆樹把身子盡量往對岸伸。

慢慢的，慢慢的，榆樹貼著水面斜長過去，成了一座橋，一座有生命的、綠色的橋。小松鼠、小刺蝟、小白兔，還有獐、獾、鹿、虎，在樹幹上跑來跑去，可熱鬧了。

熱天，樹葉子為小動物們遮蔭。冷天，樹枝像欄杆，使大夥在風雪中過橋也不會危險。

——想得多麼周到的小橋啊！

有一天，榆樹抬起頭來望望森林裡的其他伙伴，他們都長得很高、很高，高得快碰上藍天和白雲了。

可是榆樹呢？又低又矮。他嘆氣了，他有點自卑了。這事讓森林裡的其他伙伴知道了，大夥嘰哩呱啦的討論起來：

「榆樹大哥啊，今天的森林是明天的房梁、橋板、枕木。你在今天就做了明天的事，這難道不值得高興和羨慕嗎？」

聽到了伙伴的安慰，榆樹笑了。他願意把自己變成一座橋，一座小小的、不引人注意的橋。

當然，他絕對知道這橋有多麼重要……

13 風兒講的話

一隻針鼴，在一棵高高的榆樹下，看小熊盪秋千。

小熊越盪越高，越盪越有勁兒，他呼叫著，身子一屈一伸的。他盪得都快碰上樹梢尖了。

針鼴羨慕極了。

「哦！哦！」小熊快樂的呼喊著：「你聽，風兒在呼呼的和我說話呢！」

「說些什麼呢？」針鼴激動得有點手舞足蹈了。

小熊又盪了兩下，突然停下

來說：「風兒告訴我，高興的時候也應該想著別人，我想，你一定也是想盪秋千的，請吧……」

針鼴被這意外的高興驚住了。不過他確實想上去盪一盪，他也想聽聽——風兒會給他講些什麼……

14 青蛙吉他手

青蛙住在池塘邊上。

他用墨綠色的荷葉，做了一把吉他。

他用手指彈撥了一下，發出一串像小溪流水般好聽的音符。

池塘邊的柳樹，送給他一根細長而柔軟的枝條，青蛙把它當作細繩，拴住吉他，把吉他掛在胸前。

他要做一個音樂家，去巡迴演唱了……他來到老鯽魚的洞口，彈奏起一支回憶童年的曲子。他的音樂裡，有陽光，有嫩綠的水草，還有倒映在水面上的月亮和星星。

老鯽魚聽著、聽著，彷彿又回到了美好的童年時代，他想起了，他和青蛙的爺爺——老青蛙，一起在池塘裡嬉鬧的情景。他身上充滿活力，彷彿年輕了不少。

青蛙又來到小蝦們遊玩的地方。他彈起了一首〈幻想曲〉。在他的曲子裡，烏雲正從遠方飛來，風聲呼呼，電光閃閃，隱隱傳來隆隆的雷聲，暴風雨來了。好大的風和雨啊，小池塘翻起了波浪，小雨點捶打著水面，而勇敢的小蝦們迎著風雨，奮力的游著，和波浪搏鬥著……

小蝦們聽得出神了，彷彿他們都長大了，變得那麼勇敢、那麼有力量。

當青蛙來到蛤蟆先生的窗前，正巧蛤蟆先生生病了，病得很厲害，他垂頭喪氣，幾乎沒有生活下去的勇氣了。

這時，已經接近傍晚，青蛙奏起了〈黃昏圓舞曲〉，歌聲像晚風旋轉著，旋轉著，它描寫落日，還有歸林的鳥兒和樹林的沙沙聲……

蛤蟆先生落下了感動的眼淚，他說：「生活太美妙了，病痛算不了什麼，一切都會好起來的。」

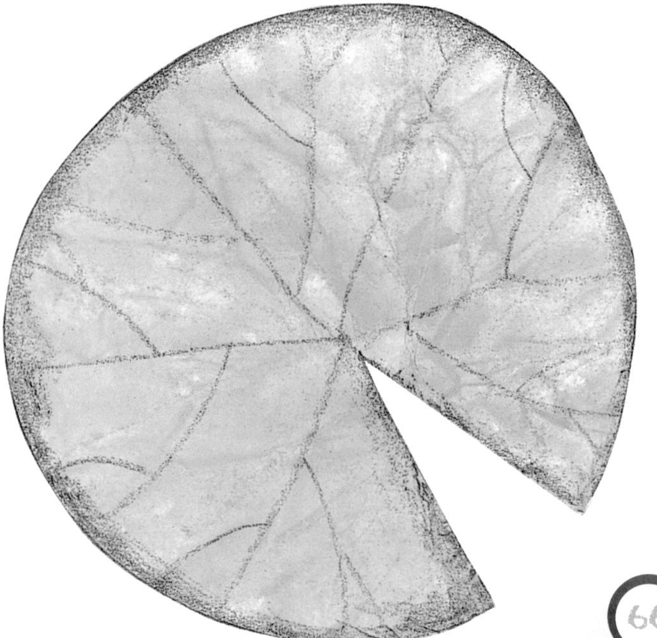

蛤蟆先生頓時感到病減輕了不少……

青蛙走到哪裡，人們都會讚嘆的說：

「真是一位了不起的音樂家！」

因為他不只是用手，而是用一顆熱愛大家的心在彈奏……

15 兩位信使和一封信

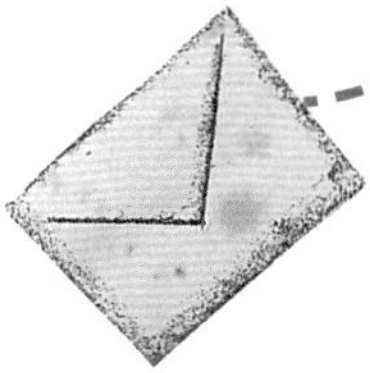

小鴿子是著名的傳遞信件信使。她從很遠的地方飛來，她的嘴上咬著厚厚一疊信件。小鴿子要把每一封信，正確無誤的送到收信人手裡。

糟糕的是她飛過一座峽谷時，一陣冷風使她感冒了。但她還是堅持飛過高山，飛過大江。當她飛過一片沼澤地時，她再也忍不住了，狠狠的打了一個噴嚏。

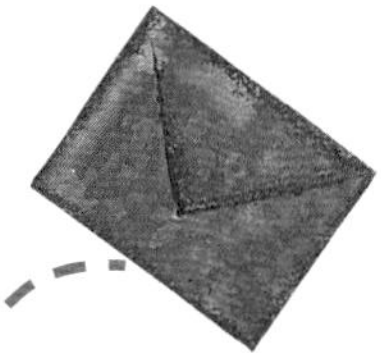

於是，那些信件像雪片一樣飄落開來。

小鴿子拚命的追著每一封信。

她數著：紅的、黃的、藍的、紫的。

她只找到四封信，丟了一封白色的信，那封信怎麼找也找不到了。

小鴿子難過得差點掉下眼淚。為了不耽誤其他信，她還是飛啊飛啊，飛到了叢林裡。

她把紅的、黃的、藍的、紫的信，分別送到了收信人的手裡。

然後，小鴿子來到蛤蟆先生的家，她對蛤蟆說：

「蛤蟆先生，真對不起，我把你的一封白色的信給弄丟了，你責備我吧！」

蛤蟆先生聽了很失望，但他還是安慰小鴿子說：

「沒關係，任何人都有失誤的時候。」

就在此時，一隻大雁飛來了，他嘴裡正銜著蛤蟆先生的信。

原來，大雁在一片白色的蘆花叢中撿到這封信，他就繞道送信來了，因為他也是有名的信使啊！

小鴿子連連向大雁致謝，蛤蟆先生高興的接過信來。他讀完信，哈哈的笑了起來，說：

「謝謝，這封信太重要了。我的兒子小蛤蟆外出旅行回來了，他要從天上飛回來，就像你們知道的，由兩隻野鴨架著一根竹竿，而我的兒子將吸住竹竿飛回來，這是我們的祖先沒有成功的事，而我的兒子卻要讓它成功。他將在明天下午降落。」

蛤蟆邀請小鴿子和大雁一起出席歡迎儀式。這兩位信使都同意了，因為他們覺得為別人送來喜訊，這是高興不過的事了……

16 危險的小船

一張紅葉掉下來，落進小溪裡；

一張黃葉掉下來，落進小溪裡；

一張青色還未褪盡的樹葉掉下來，落進小溪裡。

小溪裡飄著紅色、黃色和青色的小船，在風兒的歡送下，飄飄悠悠的，一直向前駛去。

可是，你知道嗎？

就在那張青色尚未褪盡的樹葉上，停著一隻翅膀受傷的小蜜蜂，他原以為這張樹葉還不會掉下來的，它還沒變黃，可是，一陣狂風過後，它卻和一張黃葉一起飄下來了，飄在這湍急的小溪裡。小蜜蜂在這張葉子上來回走著，他很害怕。

他怕樹葉被捲進漩渦，那樣就完蛋了。

可是，怎樣才能離開這張樹葉呢？他想不出辦法，眼睜睜看著自己就快要淹死了。

「死就死吧！」小蜜蜂想：「反正我受傷了，是無法逃命的。」

這時，一隻美麗的蝴蝶從小溪上飛過；這時，兩隻黃鸝鳥在溪邊的小樹上唱歌；這時，一顆晶瑩的露珠，從一朵鮮花的花蕊裡掉下來，掉在這片小樹葉上，飢餓的小蜜蜂吃了一口。哦，含著花香、沾著花粉的露珠是多麼的醉人啊……

小蜜蜂想：我不能死，大家都在愉快的生活著，我為什麼想到死呢？我要努力活下去！

小溪水流得越來越急了，兩岸的景色急速的向後退去。可是，小蜜蜂的心裡反倒安定了，因為他想要活下去。

猛然，小蜜蜂頭上一癢，原來是岸上伸過來的一根草莖，在他頭上掠過。

「啊，是你們！」小蜜蜂踮起腳尖等待著。他向前看著、看著。瞧，前面有根狗尾巴草，它穗狀的花在水面低垂著。

當小樹葉漂過時，小蜜蜂猛的一跳，終於拽住了狗尾巴草，他使勁的爬到了狗尾巴草的花上。

小蜜蜂沿著狗尾巴草，爬到了一朵盛開的紫雲英的小花上，他吃了紫雲英的一點花蜜，渾身有力量了。

不知過了多久，小蜜蜂的傷好了，他能起飛了。

小蜜蜂拍動翅膀，他在小溪上飛著，他想尋找那片青色尚未褪盡的小樹葉，可是怎麼找得到呢？也許早就被哪個漩渦吞沒了。

「一支多麼危險的小船！」

小蜜蜂輕輕說著。

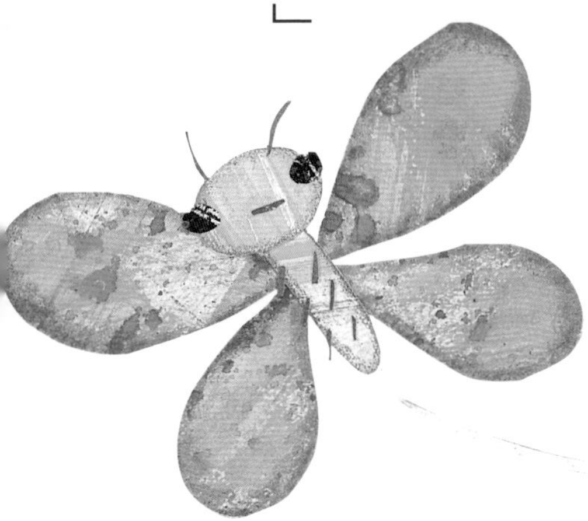

17

搖頭．點頭．進步

1

小黑熊的字寫得糟透了。他寫的每一個字，都像一幢歪斜的房子。把這些歪斜的房子連在一起，瞧，就像剛經歷過一場地震的城市。

昨天，他收到爺爺的來信。爺爺把他寄去的信退回來了，爺爺怎麼也讀不懂他在信裡寫了些什麼。

小熊下定決心練字了。

2

小熊照著字帖一個個寫了下來，他一口氣寫了三張紙。爸爸看看他寫的三張紙，搖搖頭，嘆了一口氣。

——小熊寫得實在太糟糕了。

小熊決定重新開始寫。他磨好墨，鋪平紙，身子坐得直直的，他每一筆、每一畫都照著字帖上的字寫。

3

小熊寫完一個字，看看。

——搖搖頭。

小熊又寫完一個字，看看。

——點點頭。

小熊寫完一行字，看看。

——搖搖頭。

小熊又寫完一行字，看看。

——點點頭。

搖頭，點頭；點頭，搖頭……

小熊不知不覺寫完了三張紙。

4

這次，爸爸看著小熊寫的字高興的笑了。爸爸在小熊的字旁寫著——搖頭加點頭等於進步。

18 希望和失敗

不是所有的鳥兒生下來都能飛得很好的。這隻小兀鷲是兀鷲媽媽最小的兒子，他的幾個哥哥都是飛行健將。

可是小兀鷲太笨了。

他怎麼也飛不好，每次，媽媽耐心的教他飛翔，他不是掉在地上，就是差一點撞在崖上。

好幾次，他想打退堂鼓了。他再也不願學飛了。他想，我每天在洞口找點東西吃也能活命，何必飛那麼高，飛那麼遠呢？

可是，當他的目光和母親充滿希望的眼神一相遇時，他差點衝出口的話馬上嚥了下去，只好又默默的繼續練習飛行。

小兀鷲終於能飛了，而且由於刻苦的鍛鍊，他比其他哥哥都飛得出色，他是一隻讓所有兀鷲都羨慕的小兀鷲。

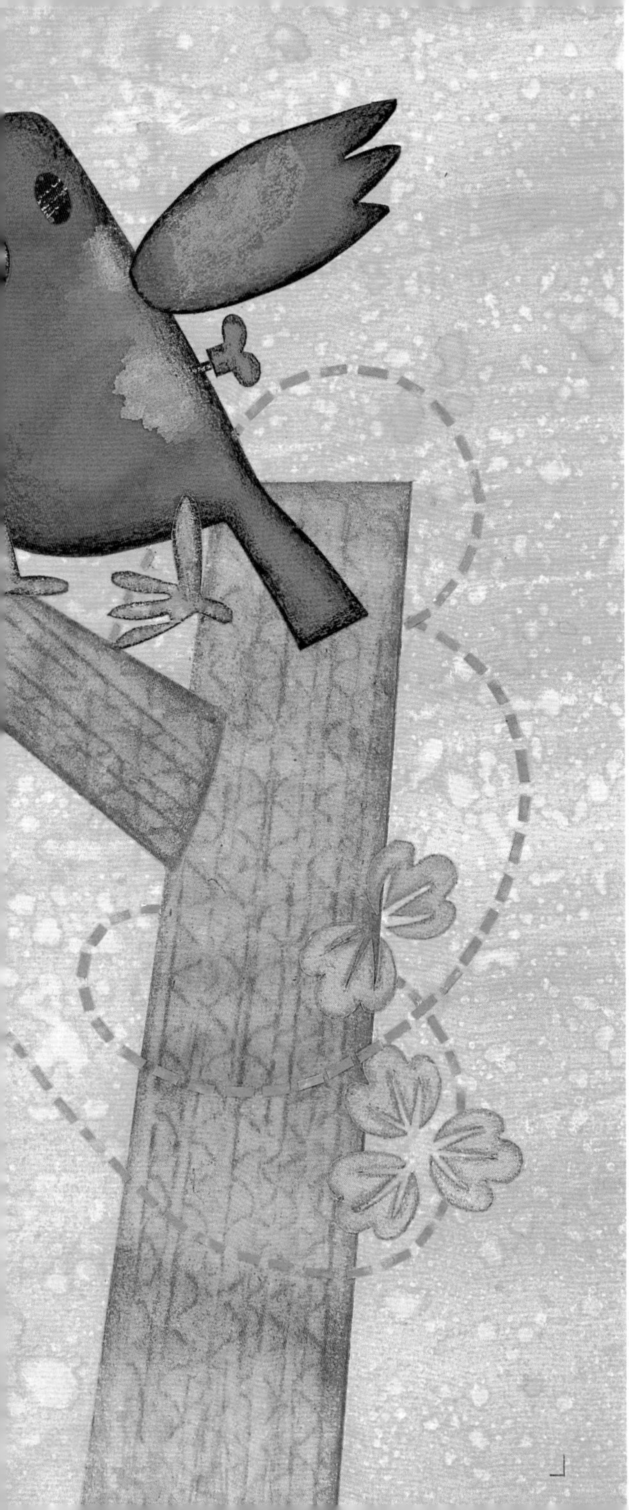

一天，小兀鷲問媽媽：「為什麼你的眼神裡，從來也沒流露出對我失望的神情呢？」

媽媽說：「假如你看過這種目光，你還會有今天嗎……」

19 初次離開媽媽的黃鸝鳥

一隻小黃鸝鳥，第一次離開媽媽，自己外出捕蟲了。當小黃鸝鳥飛了一天，疲倦的回到家裡時，媽媽問他今天都看到、聽到些什麼。

小黃鸝鳥說：「除了蟲子，我什麼也沒看到。」

媽媽失望了，說：「我們不是光為了蟲子而生活的。」

小黃鸝鳥第二天又疲倦的飛回來了。

媽媽又問他看到、聽到些什麼。

小黃鸝鳥說：「我看到一隻老白頭翁真可憐，她已經老得不能捕蟲了，我把捕到的蟲送給了她。」

「我還看到一隻小百靈鳥，她的歌聲真好，我聽了大半天。我想，將來也許我會唱得比她更好聽。」

媽媽高興極了，她說：「你開始懂得怎樣生活了……」

小巴掌越拍越響

金波

四十多年前，我和張秋生先生神交於兒童詩壇。讀他的詩總像走進一個充滿笑聲、充滿歌聲的童話世界。後來，又讀到他的童話，又像走進一個充滿溫情與哲思的詩園。他融合詩歌和童話，詩中有童話，童話中有詩，構成了他詩歌與童話的藝術特色。

在我的印象中，秋生大約在八十年代中期間開始了較多的童話創作。他的童話出手不凡，以它的短小、凝練、抒情、哲理，吸引著眾多讀者。

他為他的這些童話，取了一個別緻的名字：小巴掌童話。他是一個在文體上很注重求新求變的作家。文體的變化和創新，實際上也是作家超越自我的一種藝術追求。

我讀小巴掌童話，一開始就有一種親近感。這固然是因為過去我就很熟悉秋生的兒童詩，但更重要的原因，是由於他創造了一種獨特的童話樣式。這種短小精微的小巴掌童話，其本質是詩的。

秋生的小巴掌童話得力於他的兒童詩創作，甚至可以說，沒有他的兒童詩創作，也就沒有他後來的小巴掌童話。

我十分篤信作家有什麼樣的氣質、學養和賴以生存的環境，他就會寫出什麼樣風格的作品。這是一把探討秋生兒童詩和小巴掌童話創作的鑰匙。

秋生溫和、真誠、有愛心、有善心。他走到哪裡，你都能看到他高大的身影。但是，他永遠都是靜悄悄的，接近他，就像接近一座幽靜的山。山中有樹，有流泉飛瀑，有鳥語花香，唯獨這山不喧譁，不嘈雜，永遠安安靜靜的。

秋生是一個喜歡細細咀嚼自己的感覺的人。

我很少聽到他大聲講話。他甚至很少談自己的創作。他就像「躲在樹上的雨」，只有當「小熊」去搖動樹枝的時候，雨才落下來，「小鼴鼠」會得到很多快樂。

秋生把快樂藏在心裡，只等著小讀者來彈撥他的心弦，他才把心中的快樂變成詩，變成童話，送給孩子們。

小巴掌童話永遠是快樂的。秋生以快樂的詩人的身分走進詩園，然後又走進童話國。走進童話國以後，他沒有丟掉詩人的氣質。他還是一個詩人。

他用詩的思維寫童話。

他的童話是「唱」出來的，不是「講」出來的。

他在極力濃縮他的情節，讓它短小、凝練、精緻。這一切都是詩的。

他的小巴掌童話，充盈著一種生命情調。我讀他的童話，實際上是沉浸在一種感受中，感受著他的「小童話」的「大氛圍」，在那裡，靈魂受到撫慰。

他的小巴掌童話，十分注重構思的完整和新巧。他不被情節牽著走。他十分懂得節制。他沒有因為童話講究幻想、講究曲折，就放任故事情節的汗漫無序。相反，他的藝術構思，永遠圍繞著愛與美，圍繞著一種可貴的智慧的思辯。

還有，就是他的童話中所特有的、屬於他個人的那種語感。這語感，是語言的特色所構成的，這就是散文美。

他的小巴掌童話所表現的散文美，既是內容的，又是形式的。首先是內容的奇思妙想，然後是與之相諧和的語言。

小巴掌童話的情節和想像，不是照搬孩子的，也絕不是純乎成年人的。它是童心與智慧的融合，然後用十分洗練的語言表達出來。這是高品味的巧智。讀後，給我長久的快樂，快樂得讓你驚異，讓你永遠不會忘記。那是一種喚醒了人生體驗的快樂。

小巴掌童話是短小的，但它引起的思考是綿長的。

每當我讀完一篇小巴掌童話，陷入深深的沉思中，我常常感覺到小巴掌在我身後，輕輕的拍了一下我的肩膀。我回過頭來，看見了那個可愛的童話小精靈。

我很高興，它很高興，孩子們也很高興。

小巴掌是越拍越響了。

作者的話

早晨與黃昏的童話

張秋生

在很久很久以前……

童話故事好像都是這樣開頭的。

可是，今天我講的，在很久很久以前……不是童話，而是一個真實的故事。

在很久很久以前，那時我還很年輕。有一段日子，我住在離動物園不遠的一個小村裡。這小村很小，可是以前她曾經很大很大，因為在建動物園的時候，徵用了小村很多土地。正因為這樣，動物園建成以後，在離小村最近的地方，開設了一個小小的入口，那裡是不收門票的。小村裡的大人、孩子可以隨時進入動物園，在那裡割草，用以餵養小村裡的豬、牛、羊和兔子，這是動物園和小村訂了協議的。

當我有幸成為小村的臨時居民，我也享有了這個特權。我常常在黃昏時，走進動物園，不是去割草，而是和動物們聊天。

傍晚，落日染紅了天邊，動物園裡的大樹小樹上，停滿了倦飛的鳥，在唱著歌。

這時，是動物園最寧靜、人最少的時刻。

我來到每個籠子前，和動物們聊天。不用別人介紹，也不翻譯，我們用眼神，用各種動作，用臉部的奇特表情來交談。

我在每個籠子前，一站就是好久。

也就在這個時候，我了解了每隻動物都有每隻動物不同的興趣、愛好和脾氣，我在那兒交了很多動物朋友。

那些日子的黃昏，我幾乎都在動物園的籠子前往返流連，一直到村子裡的小朋友割草回家時，他們會喊我一聲：「叔叔，該回村了，天色晚了。」

每次我都帶著一肚子的故事回家。

在那個小村裡，我是一早就要下地的，我在田裡一邊幹活一邊會想念這些動物。奇怪的是動物也在想我，牠們用各種叫聲來和我打招呼。於是，在清晨，在飄蕩著薄薄霧氣的田頭，我會細細的聽牠們的叫喚……

又過了很久很久，我早已離開那個小村，我很少再到動物園去。再說，動物園裡的動物換了好幾批，牠們不會再認識我。奇怪的是，每天早晨和黃昏，我都會想起這些動物。

於是，我就提筆寫牠們的故事。

為了表示牠們是我的朋友，表示對牠們的尊重，我總稱「牠們」為「他們」。他們的故事，也就成了我筆下的童話。

因為這些故事都是在早晨和黃昏到來時寫的，所以我想把它們叫做「早晨和黃昏的童話」，可惜這名字太長了一點。我想還是稱它們為「小巴掌童話」吧，因為這些童話都只有巴掌那麼點大。

再說，巴掌這個詞挺親切的，因為人與人見面時，都會伸出自己的巴掌和別人握一握。那麼我的這些小小的童話，就是我伸給小朋友們的巴掌，讓我們使勁握一握吧！

要是小朋友們喜歡這些童話，我會再寫的，因為我還有許多的早晨和黃昏……

謝謝我的寶貝

張化瑋

我喜歡色彩，我覺得人從出生到老，色彩占著一個很重要的位置。譬如嬰兒，我們會用輕柔粉嫩的顏色來給他們穿著，及布置周圍的環境；而兒童和年輕人呢，大多對活潑鮮豔的顏色有所偏好；成年人則比較喜歡中性顏色；而上了年紀的人，深沉的重色比較能襯托出他們的穩重。當然這是畫者小尾的看法。

至於這幾本給兒童的書，畢竟他們才剛開始接觸閱讀，如果用平淡而無變化的方式去構思，我想，那是很難引起他們的興趣的，而且還會覺得小尾怎麼那麼遜，畫得都沒我好，對吧？

所以，每本書我就以不同的風格來表現了。

但是請注意！這些畫法，都是三歲到十歲的兒童所慣用的方法。如剛開始會拿筆的孩子，絕對是信筆塗鴉（別懷疑，你自己小時候一定也是一樣）。經過小尾的觀察，把胡亂塗鴉產生的效果，依故事剪裁成一片片有形的圖案，依文章的需要，製成篇篇精彩的畫面，當然蠟筆、水彩、廣告顏料都可派上用場，變化出各種風格。如果你也想照著做，可一點也不難哦！

根據觀察研究，每個孩子都喜歡聽故事，尤其是有布偶帶動的劇場，更是受到兒童的喜愛。如果能夠把劇場搬到紙上，成為另一種帶動故事畫面的方式，讓兒童增加想像的空間，說不定他們利用小手帕綁成布偶，就可以自導自演一番呢！（親子同樂，更有趣哦！）

舉個例子，巧克力這樣的東西，應該是大家都喜愛的吧？現在，試著把色彩著重在巧克力色系上，然後加上平常兒童的玩具造型，所形成的故事畫面，是不是有些生動而又想流口水的感覺呢？

最後還是要謝謝我的兩個寶貝，從他們的身上，讓我在風格變化上，有了不少的靈感，尤其是造型上的童趣，及色彩的變化，都有不同以往的詮釋。

現在講以這幾本書獻給元耀、芷瑄，以及全天下所有的小朋友，願你們有健康、快樂的童年。

張秋生作品集
小巴掌童話：風兒講的話

2011年4月初版　　定價：新臺幣260元

著　者　張秋生
繪　者　張化瑋
發行人　林載爵

出版者　聯經出版事業股份有限公司
地址　台北市基隆路一段180號4樓
編輯部地址　台北市基隆路一段180號4樓
叢書主編電話　(02)87876242轉224
台北忠孝門市：台北市忠孝東路四段561號1樓
電話：(02)27683708
台北新生門市：台北市新生南路三段94號
電話：(02)23620308
台中分公司：台中市健行路321號
暨門市電話：(04)22371234ext.5
高雄辦事處：高雄市成功一路363號2樓
電話：(07)2211234ext.5
郵政劃撥帳戶第0100559-3號
郵撥電話：27683708
印刷者　文聯彩色製版印刷有限公司
總經銷　聯合發行股份有限公司
發行所：台北縣新店市寶橋路235巷6弄6號2樓
電話：(02)29178022

叢書主編　黃惠鈴
編輯　劉力銘
校對　吳佳嬑
封面設計　劉錦堂

行政院新聞局出版事業登記證局版臺業字第0130號

本書如有缺頁，破損，倒裝請寄回聯經忠孝門市更換。　ISBN 978-957-08-3783-4 (平裝)
聯經網址：www.linkingbooks.com.tw
電子信箱：linking@udngroup.com

國家圖書館出版品預行編目資料

小巴掌童話：風兒講的話/張秋生著．張化瑋繪圖．初版．臺北市．聯經．2011年4月（民100年）．108面．17.5×20公分．（張秋生作品集）

ISBN 978-957-08-3783-4（平裝）

859.6　　100004606